일상의 풋것에 밑간만으로 버무린
겉절이를 흰 접시에 담아 내놓는다.

여기는 천국,
내리실 문은 양쪽입니다

ⓒ 김영환, 2025

초판 1쇄 발행 2025년 2월 20일

지은이   김영환
펴낸이   이기봉
편집   좋은땅 편집팀
펴낸곳   도서출판 좋은땅
주소   서울특별시 마포구 양화로12길 26 지월드빌딩 (서교동 395-7)
전화   02)374-8616~7
팩스   02)374-8614
이메일   gworldbook@naver.com
홈페이지   www.g-world.co.kr

ISBN   979-11-388-4003-3 (03810)

여기는 천국,
내리실 문은
양쪽입니다

김영환 지음

좋은땅

목차

오 해피 데이 • 006

대나무 • 007

산 • 008

화장터 카톡 • 009

오타 • 010

소는 다행이다 • 011

암자 기행 • 012

한잔하입시다 • 013

고속 열차 • 014

개백팩 • 015

葉綠素 • 016

여뀌와 쪽풀 • 017

어머니, 받아들이세요 • 018

새벽은 어찌 오나 • 019

생분해성 플라스틱 • 020

끝잠 • 022

동행의 노년 • 024

실리의 실리콘 • 025

현관 바닥 • 026

오늘 • 027

진짜 예쁜 딸 • 028

무인화 • 029

곡선의 궤적 • 030

산창행 첫차 • 031

블루오션 • 032

박힌 돌이 되어 • 033

단풍 전선 • 034

후폭풍 • 035

은갈치와 먹갈치 • 037

꿈 • 038

한글날 한가로이 • 039

뼈다귀 해장국 • 041

반전 • 042

멸 • 043

견적 • 044

가을 단풍 • 045

새벽 기도 • 046

천상문답 • 047

길가의 가로수 • 048

연꽃 연못 • 049

목탁 염불 • 050

뫼비우스 코리아 • 052

상가 술잔 찌 • 053

관계 • 055

젓대 소리 • 056

흐미 징헌 거 • 057

지난 풍경 • 058

잉태 • 059

아니 본 척 • 060

세상 이치 • 061

깐뒤 • 062

민물 자산어보 • 063

동안거 • 064

존재가 예술 • 065

小確幸 • 066

耕作 • 068

염천의 거리 • 069

새대가리 • 070

해안선 • 071

대체 복무요원 • 072

눈 호강 귀 호강 • 073

우는 장판 • 074

후회 없는 삼 • 075

영정 사진 • 076

까망 시절 • 077

수련원 • 079

숲속의 깊은 못 • 080

나무 • 081

꽤나 큰 슬픔 • 082

외쳐본다 • 083

직관 • 084

인생역전역전인생 • 085

엄처시하 • 086

어르신 • 087

스킨 앤 로션 • 088

마애석불 • 089

받아 적기 • 090

아버지와 나 • 091

받아쓰기 • 092

느티나무 • 094

새벽 배송 • 095

뚝방 전설 • 097

천변 변천 • 098

전선의 척후병 • 099

천과 함께 • 100

채식 짜장 • 101

기억의 저편 • 102

쿠쿠와 가마솥 • 103

동화 • 104

여로 • 105

목탁 소리 • 106

눈 산행 • 107

도를 아십니까? • 108

오 해피 데이

오늘도 즐겁답니다
발걸음을 뒤밟아 보세요

여울이 물소리로 업어 키운
물가 흥건한 여뀌꽃을 보아요
늦게나마 이름을 알고 나니 보이고
눈여겨보니 저도 꾸미더라고요

흔한 거라 지나쳤었지요

성긴 흰머리 되어서야 알았답니다
검은 머리가 하얘진다는 걸
흔한 게 귀한 거라는 걸

발걸음이 더디어진 게
근감소 때문만은 아니지요

대나무

우리네 학번만 유독

그랬던가 여겼는데

전후로 넓혀 둘러보니

어느 학번 어느 세대나

끝물이자 새길내기의

마디진 바람골을 헤쳐

왔겠구려

산

높은 산은
서 있는 거고

낮은 산은
앉아 있는 거고

들판은 산이
드러누운 거다

사이의 물길은
산과 산의 경계이다

별스레 높은 산이
따로 있는 게 아니다

가까스로 올라섰을 때
날던 새가 전한 말이다

화장터 카톡

울지 마라
울긴 왜 운다냐
뚝 끊고 나서서 굴뚝 위로
춤을 추며 날아오르는
연기를 보거라
그거이 내다
세속의 몸 벗어 홀가분하구나
보다시피 훨훨 날아
여비 걱정 없이 못 가 본
사해 각국이랑 우주여행까지
맘껏 나다닐 것이다
제사 지내지 말거라
한 끼 얻어먹을 일 없지 싶다
이승의 입맛을 더는 간직하겠는가
되도록이면 뒤늦게 따라와서
덜 귀찮게 했으면 싶다

오타

휴가가 휴거로 되었다
休居라, 잘못 친 것도 아니네

정치가 잘못되어 정지가 되었다
문장 자체는 말 된다 싶어 놔뒀다

띄어쓰기 잘못으로
'후배 위해서'가
'후배위 해서'로 되었다

기부를 기브로 잘못 쳤다
어라, 손가락이 영역을 하네

더는 안 믿는 손가락이
머리를 기어오르고 있다

소는 다행이다

봄이다
너른 들 한가운데
독립가옥 마당의
트랙터가 불쌍하다

암자 기행

고대광실이지요
고지대의 볕 잘 드는 집
자연인네와는 사뭇 다른
반 독립생계의 프랜차이즈
은폐된 노출로 멀리가 보이고
국 없는 상추 풋고추 막된장의
기름끼 걷어 낸 정갈한 한 끼
간간한 관심을 어찌 알았는지
에이a 아이i다 싶기도 한 녀석이
용케도 손바닥 위에 올려놓아
이렇구나 싶기도 한 그 자리

한잔하입시다

테이블을 둘러 짜안 하고
같이 고개를 뒤로 젖히자
참이슬 반병이 사라졌다

그로 십여 초나 지났을까
언제 채웠는지 원샷으로
마저 한 병을 게 눈 감춘다

삶은 여전한 오르막길인데
도수만은 내리막행이라서
쏘주를 맥주인 양 들이킨다

몰록 깨우친다
돈오돈수 돈아돈아

깨달음의 뒷맛은 달지 않아서
깨소금같이 고소하지 않아서
뒤돌아 영수증을 보고 또 본다
선수 칠 게 따로 있거늘

고속 열차

직진의 지퍼 슬라이더가 되어
양편으로 세상을 열어젖히네
총열을 떠난 탄환으로 간신히
발붙이고 저공비행을 한다네
총알 탄 사나이 창밖을 본다
창밖이 삼킬 듯 달려든다
푸른 피 넘쳐 홍건하다
미처 못 피한 산이
관통상으로
으으윽

개백팩

타박네 발길을
자전거가 지나친다
백팩이 등짝에 매달렸다
육면체 정면 중앙 상부의
아크릴 투명 돔창에 비친
담겨 업혀 내달리는 개가
넘겨다보며 멀어져 간다
낯선 개장수 짐자전거에
올라탔던 마당개 독꾸는
시절 인연을 잘못 탔던 거였네

葉綠素

그러려니 하지만 엽기적이라네

단일대오의 일괄적 녹색이구먼

원근의 소나무 참나무 미루나무도

부풀려 바닥을 뒤덮은 칡덩굴까지

들녘과 밭의 작물과 푸성귀도 그렇구

저래 綠綠하게 입고 나선 건 왜일까

속도 배알도 어깃장도 없남

炎天에 더 짙어지네

여뀌와 쪽풀

외대 꽃차례에
오종종한 분홍꽃과
잎새가 닮은 마디풀

볕바른 가을마당 바지랑대에 올라
하늘과 바다의 쪽빛을 불러들이던
쪽풀인가 여겨 숙여 들여다보다가
그럴듯하게 아닌, 여뀌라서 그만
눈길을 거두어들였지요

하늘 아래 만물의 귀천과
유용무용은 본시 없다거늘
이기적 몽매가 매를 맞고서야
여뀌풀을 들숨으로 들이킵니다

어머니, 받아들이세요

서방복 없는 년 자식복도 없다더니
서방과 시에미 구박 끝에 낳은 거이
쌀 아닌 보리, 고추도 아닌 보리였네
핏줄의 내리사랑은 도리가 없는지라
고것의 여우짓에 다들 혼이 달아났지
고것이 에미애비 우량 인자 골라 담아
거두절미 따 놓은 당상관이라 여겼더니
속 끓이길 눌어붙은 곰국 솥이 되었지라
내년이면 만땅 마흔인 이년이 털북숭이
강아지를 안고 와서는 제 자식이라면서
엄마한테 손주이니 안아 보라 넘기길래
아이쿠야 진짜구나 넘의 말이 아니구나
설마더라 건너 건너 개족보라 하더니만
사람 몸 받아 나와 개죽음하게 되었구랴

새벽은 어찌 오나

지샌 무섬의 시곗바늘로 온다
기도를 나서는 문소리로 온다
만성 전립선 비대증으로 온다
교대 경비원 발자국으로 온다
지친 기다림 끝에 온다
밉상으로 온다
빨리도 온다
누군가에겐 안 온다

생분해성 플라스틱

아마 모르실 거요
이런 게 있는지를 말이요
알고 나면 반갑고 기특하겠죠

테레비로 눈으로 양껏 보셨쥬
태평양을 떠 있는 플라스틱 부유물과
플라스틱 쓰레기들로 치솟은 황량산을

시황제의 사생결단이고
노자가 유사 본보기였던
불로장생의 장본인
플라스틱

상상해 보았나요
화장의 시신이 타지 않고
매장의 육신이 썩지 않는다면

나서 돌아갈 곳이 없어라

물 위를 떠돌고 묻혀서도
미세 플라스틱으로 남을망정
되돌리지 못하는 불가역의 불운

불운을 거두는 한 줄기 빛

불멸을 멸하는
눈곱보다 작은 미생
플라스틱을 대사하여
물과 CO_2로 날려보낸다는
게걸스런 이쁜이의 이름은,
플라스틱 생분해성 박테리아

끝잠

잠이 깨서
꿈이 깨진 건지
꿈의 장면에 놀라
잠이 깨진 건지 몰라

누운 그 자리에서
방안만큼 환하게 밝아진
의식으로 무의식을 반추한다

시험 전날의 도서관
대기 줄에 섞여 있다가
쫓겨나자 꿈에서도 쫓겨났다

개운한 곰탕 맛이랄까

어른들 가시는 여정이란
잠이 없음에도 잠 시간이 늘고
또 늘어나다가 끝잠을 드시드만

잠만 자는 게 아닐 거야
고생한 수족일랑 쉬게 하고
꿈나라 여행을 다니시다가
재미를 붙이신 건지도 몰라

그렇게 생각할래

동행의 노년

노인들의 동네엔 개도 늙어
밀고 가는 보행 보조기 안에
노색 창연한 개가 들어 있다

전담의 영감이 간 지도 삼 년,
더는 산책길이 아닌 수발길을
지렁이 배 밀듯 힘겹게 지난다

명주실보다 가는 명줄만이
길게 이어진 너른 거실에는
서로의 시선줄이 팽팽하다

눈빛 대화가 오간다

유기견 보호소보다 낫제?
요양원보다야 이 집이 좋지예?

실리의 실리콘

일편단심이라구
초심을 지키라구
뭔 개 풀 뜯는 소리여

간 쓸개 가리지 않고
사이에서 결을 꿰뚫는
간쟁이가 돼야 혀

반도체 단결정 Si 기판
방수 제습의 실리카겔
무색투명한 비정질 유리
캘리포니아드림 실리콘밸리

주기율표라고 어슴푸레할 테지
원소들을 여덟 족속으로 편 가른
그 중간인 IV족이 지배하는 세상

어른들 말씀 헛된 거 하나 없지
노장자도 부처님도 한 입으로
두 천 년 후의 세상을 넘겨보고
중도 중간을 설하셨던 거야

현관 바닥

밤늦게 들어선 발아래에선
짓눌렸던 피곤의 하루를 벗은
실내 노숙의 짝들이 눈을 치켜뜬다
살짝 뜨끔한 시선을 뒤로 물리고
닫힌 방문들에 갇힌 거실을 거쳐
거처의 침실 안으로 들어선다
불을 끄고 눈을 붙인다
맺혀 꺼지지 않고
환한 신발짝들

오늘

밤을 건너온
어둠을 물리고

날이 새고 있다
새 날이다

어제 없던 벽이다
새 벽이다

다행이다

진짜 예쁜 딸

곁눈질로 보게 된
전철 안 옆 선 이의
스마트폰 대화창

'진짜 예쁜 딸'

손가락을 꼼지락거려서
불러내더니 뭔 말을
글로 보낸다

진짜 예쁜 딸이
저이에게만 있으랴

무인화

거세된 동물의 왕국
수장들이 모여들었다

회의의 주제는 부활이었다
산맥과 강물들도 배석했다

철창에 갇혀 지내던 좌장이
개막 연설에서 포효했다

"쟤네들 자빡하겠단다"

곡선의 궤적

하얀 십육절지 위에
디딤발은 그대로인 채
다리를 벌려 가며 원을 그린다

푸른 수면 위로 파문이 번져난다
처음 자리로 돌아온 동그란 궤적들

되돌아갈 곳이 없다는 건

하교 후 갈 곳이 없다는 거
퇴근 후 갈 곳이 없다는 거
퇴직 후 갈 곳이 없다는 거

산창행 첫차

가을비에 푸르던 잎 녹이 슬고
입성마저 어둡게 갈아입혔구려
마지못해 나선 캄캄한 새벽
흔한 구두 신은 이 하나 없는
텅 빈 광고 칸 아래 퀭한 눈빛들
어둔 어느 골로 실려 가는가
물이 낮은 데로 떠내려가듯
바람도 낮은 곳으로 밀려가지요
만물은 無常하고 人生流轉이랬던가
평창의 사출압으로 노즐을 빠져나와
실로 용케도 안온한 굴속으로 들어
거듭된 분열로 배불려 갔었지요
만기 출소라며 떼밀려 나와서는
시작된 流轉, 그 끝은 어디이고
언제일런지

블루오션

인터넷 바다에서
웹서핑을 하면서
댓글 파고에 오르면
블루오션이 눈에 든다

정신과 의사
맞춤법 지도사
언어순화 가이드
분노조절 컨설턴트
인간쓰레기 청소부

박힌 돌이 되어

불어라 바람아
꿈쩍도 않을 테다

오거라 급류야
물러서지 않을 테다

내려라 소낙비야
도리 없이 맞설 테다

오시게 세월이여
흔적 없이 지나가시라

단풍 전선

설악에서 내장까지
백두대간을 남하하여
적화 통일을 이룬다지
멀리서 일색의 붉은 기운일 뿐
안에 들어 올려보고 내려보면
다색 경연의 산중 한마당이지
빨강자주다홍노랑주황연두
색색깔이 계곡에 내려서서
등성이에서는 드러내 놓고
여름내 머금은 光氣와 熱氣를
色氣로 뿜어내고 있는 거랄까
큰바위 얼굴을 매달고 단풍으로
유명한 뉴햄프셔 화이트마운틴의
단풍을 보곤 단지 풍이었네 싶었지
錦繡江山의 단풍에 비하면 말이지
해마다 이즈음의 허튼 궁리란,
가을날을 압축 컨테이너에
실어 수출할 길이 없을까

후폭풍

김밥은,
소풍이고 가을 운동회요
신새벽의 고소한 참기름이었다.
엄마의 마음을 속속들이 채운
다층 찬합 야외식이었다.

그 후, 헐한 끼니 대체재
김밥천국이 도래했다
가

편의점 삼각 김밥과
실한 속의 끼니형 김밥에
발그레한 홍시 간판을 떨궜다.

용기 없는 김밥
둘둘 말아 김밥
김으로 밥과 속을 말고
말은 시커머니 실한 말좃을
촘촘한 난도질로 아작 내서는
은빛 반짝이는 종이로 말면 끝.

김밥은 새 발의 피다

일회용 도시락 폭탄에 비하자면

은갈치와 먹갈치

마주 선 백로가 긴 주둥이로,
현장에서 공구리 치다 왔다냐
뭔 세멘을 뒤집어쓰고 섰는감
하고 입을 대니

가마우지를 뒤로 둔 왜가리가,
중도를 표방하고 있는 거라네
라고 받는다

까맣게 타들어 간 가마우지가
자맥질로 불쑥 끼어들며

늬들은 연금 받제?

꿈

자야 꾸게 된다
깨어야 이루게 된다

단막극이다
연속극이다

두서가 없다
얼개가 뚜렷하다

헛바람을 넣기도 한다
헛바램으로 끝나기도 한다

숙면의 훼방꾼이다
일머리를 이끄는 네비이다

뭔 연유로
동거하게 되었을까

한글날 한가로이

내뱉어 본 적 없이
남의 말로만 듣는 말

~~~~~~힐링~~~~~~

뺑뺑이라지만 고등학교 삼 년을
제대로 마친 고등교육 이수자로서
대강의 사전적 의미를 모를까만은

정신의학적 병원 용어인 듯 싶고
츄리닝에 넥타이 맨 듯 싶기도 하고
정작은 한 번도 체감해 보지 못해서

'언어 알레르기'라고 들어는 보셨는감?

청신경을 자극하면
거북살스러운 증세가
힐링(힐로 발등 밟기)
당한 정도는 족히 된다지

힐링 어쩌구 하는 자리에서
혀 짧게 고작 하는 말이란:

개운혀어!

뼈다귀 해장국

식당에서
키우던 마당개
독꾸를 흉내 내며
남김없이 말끔하게 핥다가

문득

안양천 산책길
다릿발에 걸린 현수막의
'뼈만 빼고 다 빼 드립니다'
라는 헬스장 현수막이 떠오르길래

스뎅 뼈통 안
살 발린 뼈다귀와
뼈만 남을 헬린이를 겹쳐 본다

반전

네가 주인이라면
이게 아깝지 않겠냐며
일을 놔두고 퇴근하겠냐며
주인 의식이 없다고 나무랐다
내심 반발했지만 거듭된 질책에
시나브로 주인 의식이 웃자라
밀쳐내고 주인이 되었다

멸

물이 경사를 타고 내리는 것만은 아니었다. 어울려 앞 물
길이 길을 터서 뒤를 인도하고 뒤 물결이 밀어붙여서 흐름
을 이어 가고 있었다. 흘러서 품 넓고 속 깊은 물길은 경지
의 젖줄이 되어 푸성귀와 알곡을 키워냈다. 수수 천년을
그랬다. 뒤 물결이 심상치 않다. 타클라마칸 사막의 물길
흔적이 리트머스 시험지를 붉게 물들인다.

견적

독자께서는
얼마짜리 동전이라면
허리 굽혀 줍겠습니까?

겨우 뵈는 십 원짜리?
폐지 200g에 상당하죠

낱알의 오십 원짜리?
폐지 1kg 수매가이죠

임금님표 백 원짜리?
폐지 2kg, 한 바스켓

학오름 오백 원짜리?
폐지 10kg, 한 수레

줍기 맞춤으로 굽혀 굳힌
등짝의 저 역시 폐지로
뵈는 이의 견적은?

가을 단풍

불판 소금밭에 얹힌 대하이고

땅에 묻은 김장독 포기김치요

얼추 자취를 감춘 형광등이다

버무려 재워 놓은 매실청이고

미끈한 유리병 속 담금주이며

말술 마다 않는 장씨 낯짝이다

뿌리의 유혹을 떨친 석간수이고

엉덩이 무거운 장한 수험생이다

웬만해서는 달아오르지 않는

달아오르면 감당이 불감당인

눈앞의 저놈이다

새벽 기도

해 본 적 없는
새벽 기도를 합니다
기도할 때는 눈을 감아야 하나요
뜨고 하렵니다 떠졌기에 올립니다
눈을 뜨고 누운 자리 그대로 드립니다
벽과 방문이 서고 천정이 내려다봅니다
어제의 내일이 어둠을 헤집고 들어섭니다
유난했던 올여름을 밀쳐낸 가을의 첫 새벽
두 번 뒤집은 모래시계 뒤끝의 서늘한 가을
냉탕 속에서 걸친 거 없는 편안한 맨몸으로
두 눈 크게 뜨고 감사 기도를 드립니다
산이 높아야 골이 깊다는 흔한 말을
귀하게 새기는 오늘 아침입니다

천상문답

어떤 연이 생각나오?
출퇴근길 한 통 속에서
스쳐 부대끼던 인연들이요

어떤 맛이 생각나오?
개똥밭 참외를 냇물로 씻어
깨물었을 때 물큰한 꽤달음이요

올라서서 내려보니 어떻소?
너무 멀어 눈에 뵐질 않으니
무심하니 없는 속이 편하네요

뭐 따로 할 말이 있소?
명절에 그만 불렀으면 싶소
하늘길 정체도 가당찮고
가 본들 그림의 떡인지라

길가의 가로수

더불어 살맛 나는 세상

우두커니 서 있기만 해도
서열과 신분이 높아지지

흙마당에서 거실로 든
동네 견공들, 죄다 다가와
공손한 목고개를 조아린다

한 발 비켜 한 다리를 치들고
식을 새라 품속에 지니고 온
따끈한 영양 수액을 공물로
바친다

연꽃 연못

들러 둘러보던 꽃, 진 자리에
연밥 마이크 여럿이 섰습니다.
아래엔 커다란 연잎 스피커가
물 비칠 틈 없이 들어찼습니다.
마이크로 채집된 물정 이야기를
물속에 저장했다가는 수변 데크
벤치에 앉은 이에게 고자질하듯
확성해서 들려줍니다. 다 죽이고
귀만 살려서 한참을 듣던 중에
시나브로 귀에 익다 싶었는데
내 속말의 겉말이었습니다.
둘러보니 열서너 명이나
되었습니다.

목탁 염불

한지 창 시루스를 넘는
노스님과 동자의 얘기를
문간 싸리비가 엿듣는다

스님은 만데 스님 됐능교

뺄갈 때 영천 목탁 맹그는 데서
뒷모도 하다가 목탁 소리에
이끌려서 절로 들어왔제

부처님이 누군지
중노릇이 뭔지도 모리고
빈속에 두들겨 맞아 우는
울음이 대로 울어 주었던 게지

니는 목탁 배를 우에 후벼 파는지
와 애럽게 비아내는지 생각해 봤드나

언제예

인자부터 빈( )을 화두로
목탁 염불 열심히 하거래이

염불만으로도
세상에 울림이 되는
깨달음을 얻을 수 있는기라

뫼비우스 코리아

미스코리아보다야 미소코리아가

미소코리아보다야 믿소코리아가

믿소코리아보다야 맞소코리아가

맞소코리아보다야 맞손코리아가

맞손코리아보다야 미스코리아가

상가 술잔 찌

조아린 조문을 마치고

옆방 구석진 접객의 테이블

하나를 차지하고 둘러앉았습니다

돌아갈 집이 없는 출가 체험단이 되어

허리띠를 끄르고서 심호흡을 합니다

눈길의 탁자엔 예의 불투명한 백상지의

종이 밥 종이 술 종이 잔이 놓이더군요

부의금을 선 술값으로 생각하는 이들의

못마땅한 한 가지는 종이 잔이지요

전화할 수도, 지부지처하기도,

대놓고 청하기도, 난감하던 차에

주말 출조 때 쓰려 산 구멍찌를

잔에 띄우니 맞은편 역시도 꾼이

챔질 하나는 그저 그만

관계

친동생과 친한 동생
누구랑 더 친할까

남편과 남자 친구
누가 더 살가울까

애완견과 반려견
어떤 차이가 있을까

쏜살 앞의 붙박이 과녁
제발 피해 가기를

젓대 소리

구멍을 새는 바람이려니
끊어질 듯 이어지고
넘어갈 듯 바로 서서는
숲속으로 데리고 가고
참담한 처지로 이끈다
소리의 포로가 된 심사가
세계 오지 탐험도 모자라
전생의 문턱까지 다다른다
대나무와 날숨과 구멍의 조화
도려내고 후벼 파며 날생강을 씹는다
저문 강물 소리
모래알 씹는 소리
거머리 배 뒤집히는 소리
들기름 병 주둥이 넘는 소리
막사발에 막걸리 넘치는 소리
인당수에 뛰어드는 소리
심봉사 눈 뜨는 소리

흐미 징헌 거

몽당 자루 끝에 돋아난
쇠 줄기에 이파리 하나

자루 기다란 괭이나 삽이야
입식 부엌처럼 서기나 하지
엎드리고 쪼그려야만 하니
오죽이나 했간디

한여름 시비조의 땡볕 아래서
이랑을 누벼 가며 씨앗을 심고
고랑을 긁어서 모진 풀을 매고
두둑을 헤쳐 감자를 캐냈지라

노인정 할마이들 하나같이
허리는 굽어 호맹이 꼴이고
무르팍은 결딴나서 무연골로
유모차 밀고 댕긴지 오래지라

흐미 징헌 거

지난 풍경

안장 뒤켠 큼지막한 짐받이와
짐받이 양편에 달린 걸고리에
얹고 매달고는 도가를 나서서
말통을 나르던 짐바리 자전거

갯것 뭍것 가릴 것 없는 보따리를
늙은 호박이나 똘방한 수박까지
이고 나르던 어머니

양인이 보면 와인 오크통이라 할
똥장군을 꼴 가득한 바소쿠리를
약도 못 써 본 싸늘한 막내 시신을
지고 나서던 아버지

겉이 하얘진 머릿속에는 지우개도
연필도 있어 지우기도 가필도 하여
오랜 흑백의 기억들은 파스텔 칼라
풍경화로 윤색되어 되살아난다

잉태

산과 물 사이
마을이 들어섰다

마을 사이에
주막이 들어섰다

눈을 맞추자
사랑이 들어섰다

배를 맞추자
애가 들어섰다

눈빛을 나누자
폭행 치상을 낳았다

아니 본 척

거울은 알겠지
감추고 싶었을 거야
숨기려 한 흔적도 엿보여
넉넉한 검은색 벨트 반바지
아래까지 내린 감색 블라우스

그런데 말이지

멀리에 버스가 섰나 봐
곁이 뛰니 덩달아 뛰어서
버스를 올라타기는 했는데
블라우스 자락이 치올라 붙어
금복주 캐릭터의 뽈록한 배가
눈앞에서 오므린 배꼽입으로
배시시 웃고 서 있는 거 있지

세상 이치

칼을 간다는 건
날을 벼리는 공정이지
갈아 없애는 건 아니지

공부를 한다는 건
경계를 허무는 작업이지
가두리 울타리를 세우고
더 높이 올리는 건 아니지

부부로 산다는 건
몇 달의 살갗 살가움 끝에
가재미의 배와 등거죽이 되어
이교도의 도반으로 사는 거지

유병장수로
오래도록 산다는 건
갇혀서 배웅만 할 뿐인
무기수의 刑期 같기도 하지

깐뒤

정월경에 순천을 가거들랑
뻘밭 갈대밭도 좋긴 하지만
조계산 선암사를 들르라더군
가거들랑 놀라지는 말라더군

섬뜩한 선혈이랄까
떨어져 낭자한 피떡이랄까
그거이 바로 선암매라더군

작정한 바는 없으나 어쩌다
선암사를 들러 둘러보다가
굽은 나무 켠 송판 위에 뉘여
흘려 쓴 두 글자가 눈에 들 뿐
머릿속을 어지럽히던 차에

느닷없이
뒤가 마려운 거 있지

민물 자산어보

누구일까, 이름 붙여 준 이
예쁘기도 하여라
버들치라니
피라미는 또 어떠한가
물속에서 한 무리일 때야
초록은 동색일 테지 하겠지만
물 밖 심사를 눈치챈 同目 別種이
무단히 배를 뒤집거나 수면 위로
뛰어올라 차별을 몸소 증거하지
차별의 리스트를 읊기도 하지:
버들치가 male이라면
피라미는 female이랄까
주근깨 자글한 뚱보녀이라면
흰 살결의 하이힐 맵씨녀이지
칙칙한 돌 아래를 드나들지만
금모래 은모래 위를 유영하지
볼품없는 놈과 배를 맞대지만
일곱 빛깔 불거지만 상대하지
라는
피라미 말끝에:
거품 문 그 아가리로 드간 기
윗물에서 싼 내 똥인 거 알제

동안거

소한 지내고
대한을 나흘 앞둔
여전히 추운 새벽에
니체가 한 꺼풀씩 벗더니
나체로 다가오고 있다
다 뵈는 건 아니지만

존재가 예술

출근길에 어여쁜 여인이
비켜 지나면 어떠하던가
그이가 그랬다
한술 더 떠 예수ㄹ이었다
살아 숨 쉬는 명작이었다
나서면 거리가 함께 걸었고
해 질 녘 강 배경의 풍경화를
산에서는 수묵화를 그려 냈다
연단에 서면 도가니가 넘쳐났다
몸매도 용모도 배경도 아니었다
목청도 언변도 몸짓도 아니었다
그이의 아름다움, 예술다움의
발원을 적어 낼 한 단어가 딱히
있으랴마는, 억지를 부린다면
인간美가 아닐까

小確幸

땡큐이지요

가름과 소통의 반달 구녕으로
지동전 밀어 넣고 표 건네받던
시외버스 터미널 창구식이면
더욱 좋구요

한때, 평수 너른 홀에
4인석 탁자 채워 넣고
행운목이랑 난 화분 축하의
개업빨에 바람 든 적 있었어요

갈수록 넓어져서 광대무변한 홀
갈수록 높은 데로 임하는 임대료
석삼년을 못 넘기고 접었더랬지요

흉악범 독방만 한 업장의
길가 쪽 빼꼼한 밀창문이
물목 나들목 창구가 되고
손님이 손수 직원도 되고
매출까지 일으켜 주시니
감사할 따름이지요

免赤子면
小確幸이지라

耕作

개가 풀을 뜯는 날에는
비가 온다지요
비 온 뒤 사나흘 지낸
채마밭은 배신의 잡초밭
비가 아니라도
밭일의 절반은 풀 뽑기이지요
작물이 저절로 자라던가요
마음 밭 경작도 매한가지
한날한시도 거르는 적이 없이
돋아나는 잡념과 망상이라는
無明草를 뽑아내지 않고서야
뭔 소출을 바라겠어요
빈틈없이 말갛게 비워야
깨달음의 穀數 난댔지요

염천의 거리

버티고 버티다가 힘에 부쳐
산도 밖으로 밀려나와 보니
도무지 암담하고 막막하더라
급양의 탯줄부터 끊더라니까
예감된 바깥세상살이로
고사리 주먹손을 내두르며
울음 고함의 신고식을 했지
불길한 예감은 빗나가는 법이
없어서 어느 한 날도 예외 없는
개똥밭을 구르는 이승살이다
침대 친화성 육신을 겨우 달래서
오륙이삼 노선버스에 올려놓는다
죽으라는 법은 없는지, 휴가철로
찬바람 성성한 좌석을 골라 앉아
창밖을 내다보다가 문득 여기가
갉아대는 천 길 외줄에 매달려
꿀 빠는 데다 싶으이

새대가리

V자 대형의 철새들이
1번 도로 위의 서울 하늘을
남행하고 있다
이정표 없는 허공의 항로
뭘 알고나 날아가고 있나
부리가 절반인 비좁은 머리에
계기와 네비가 박혀 있는 걸까
않고서야 각설이도 아니고
작년에 갔던 제비가 돌아올 리가
제비네 강남은 필리핀 어느 섬이라지
그 먼 데를 오가며 길을 잘못 들어
떼죽음했다는 말은 들어 본 적이
없지 않은가
실은 하늘길 항법 장치와
그 많던 길치를 퇴치한 네비가
포수네 쓰레기통 속에 내버려진
새대가리를 파헤친 덕택일지도 몰라
하늘 아래 새로운 건 없다 했거든
얼마만큼은 베낀 거란 말이지
삼십수 년을 특허전장 용병으로
빌어먹고 있는 내 소갈머리론

해안선

고도와 수심이
서로를 등지고
첫발을 내딛는 곳

내려선 고도와
떠오른 수심이
서로를 껴안는데

달의 시샘에 멀어지기도
바람의 심술에 할퀴기도
하지만

무드등 달빛 아래서
바람의 혀로 애무를 하지
맨살 궁둥이를 두드려 가며
철썩 빙그르르 철썩 빙그르르

대체 복무요원

창밖을 향하는 승객 눈에
개 객들 소복하게 들어찬
펫 객장이 뒷걸음질 친다

복중 털외투의 저들,
어디가 탈이 난 걸까
어쩔 수 없는 것은 아닐까

간식 곁들인 숙식 제공의
친인간적 분위기라지만
여느 삶인들 그리 쉽던가

축생의 몸을 받아
산도 들도 흙마당도 아닌
아파트 현관문에 갇혀서는
외살이 쥔네의 동거 대체재로
복무한다는 거

누구는 상팔자라지만 쌍 팔자
신세를 짖어 내지르지도 못하니
펫 병원 객장이 개판인 게지

눈 호강 귀 호강

단지 앞 승강장 도로 위를
아침의 급물살이 출렁인다
다행으로 유모차 바구니엔
돌배기 아가가 담겨 있다
출근하는 엄마 배웅 터
고무줄 바캉스 반바지에
구멍 숭숭한 크록스 슬리퍼
얼추 아들뻘의 아가 아빠
민망은 보는 이의 몫
고개를 돌리려는 순간
버스 앞 버스킹이 시작된다
엄마의 선창에 아기 천사의
자지러지는 웃음소리
들이대는 시선 속에
뒤로 돌아선다

우는 장판

시작된 울음은 그치지 않았다
손끝으로, 펼친 손바닥으로,
몸으로도 억눌러 보았지만
그때뿐이었다
그친 척 슬그머니
일어나 다시 울었다
어느 누가 운다고 해서
하염없이 울게 되었나
미소로 도드라진 볼살
방 안의 간간한 심심풀이
웃는다고 할 수는 없었나
울음이 흔하던 시절이요
악다구니가 넘치던 방
제 몸 일으켜 같이
울었나 보다

후회 없는 삶

배꼽이 얕은 원만한 것을 고르세요

짙고 옅음이 뚜렷한 것을 선택하세요

채움이 겉으로 드러나는가를 살펴보세요

앞뒤가, 아래위가 한결같은 것을 찾으세요

말려 거슬리는 탯줄에는 신경 쓰지 마세요

응답의 귀울림에 이끌리지는 마세요

묵직하고 여문 것을 택하세요

영정 사진

암실을 벗어나
햇빛 속으로 나섰다

지나며 셔터를 눌러댔다
초등학교만 눈에 들면

사진관 문을 닫을 줄이야
사지육신을 지닌 이 죄다
사진기를 지닐 줄이야
이런 상상을
상상조차 못했었지
죄다 사라진다는 걸
뒤늦게 깨달은 거야
세상의 영정 사진을 찍겠다더군

시한부 피사체로 초등학교가
일착으로 걸려든 게지

까망 시절

연못구어였나
연목구어가 맞나, 여튼
달포 전 해거름에 보았던
물속 깜장 고둥이다

물길도 계곡도 십 리 너머인
이 숲속의 저 나무에 어찌 저리
다닥다닥 많이도 올라붙었을까

다가서서
빤히 올려다보니
옹골찬 까망 오디였다

천변에서 보고만 지나쳤듯
멈추었던 걸음을 재촉한다

눈에 뵈는 먹거리라면
지나친 적이 없는 천둥 야생의
까망 시절이 선한 엊그제였제

웬걸, 이건 또 뭐래
인내에는 한계가 있고
입맛에는 체면이 없다지

얼추 다 내려온 길가의
까마중을 털어 넣었다네

수련원

바닥엔 둥그런 疏水性
방석들이 깔려 있습니다
가만히 가부좌를 틀고 앉으면
깨달음의 먼발치조차 멀더라도
깨어 고요와 적막의 깊은 바다으로
가닿을 수 있지 싶습니다
도량석 목탁 소리에 잠 깬
새 한 마리가 죽비를 모창합니다
방석 옴팍한 위에는 철야 정진의
무색투명이 수은 방울로 웅크리고
곁의 연푸른 애기 방석에는
겨우 보이는 청개구리 한 마리
큰 눈 크게 치켜뜨고 높은 곳을
향하고 있습니다

숲속의 깊은 못

차게 담고 담담하다

깊푸른 거울 면에
비켜선 물가의 나무와
등 뒤의 봉우리가 고개를
내밀어 제 모습을 살피는데
지나며 바람이 시샘질이다

바람은 지나면 그뿐

푹 꺼진 적막의 고요 속으로
달이 건너고 새떼가 잠영을 한다

깊이가 채움이 무심함이
한데 어울린 숲속의
깊은 못

숙여 돌이켜 본다

나무

나 無라오
있는 거 없고
없는 거 있다오

없기로는
말이 없고
잠이 없고
걸음이 없지요

있기로는
침묵이 있고
침묵을 듣는 귀가 있고
바람 과속방지턱이 있다우

꽤나 큰 슬픔

남한강 하면
남쪽의 어느 강이 흐를까
북한산 하면
이북의 어드메 산을 헤맬까
카키색 젊은 한때
국경이란 생각도 없이
철망에 기대어 바라보면
아무런 차이가 없던 산하
가까운 먼 데

외쳐본다

소리들
어디로 갔나

저수지에 던졌던 돌멩이
바닥난 가뭄에 드러났었지

촌각의 숱한 소리들
멀어지며 작아지고
퍼져가며 희미해지더라도
향해 간 허공에 쟁여 있을 테지

허공은 무성한 소리 창고
소리에 소리가 눌려 죽은
마침내 무성의 소리 무덤

내 인자 구십 밑자리라는
어매의 좁다란 굽은 허공도
더는 소리를 들이지 않는다

직관

한눈은 금물이요
재생을 허락하지 않는
두 눈 숨죽인 소란의 정적

스카이 박스에서 내려다보면
터질 듯한 풍선 횡단면이고
어설프거나 탄복할 새 둥지

스탠드,
앉으라는 건지
일어서라는 건지

방망이 지휘봉에
장외 홈런의 떼창을,
탄식의 허망을 부른다

하나 된 듯
전혀 아닌 듯

인생역전역전인생

역전의 저 노숙자는
한때 역전의 용사였고
열사의 역군이었다고도 한다
세월의 열차를 잘못 올랐던가
갈아탈 역을 지나쳤던 걸까
아무도 찾아 나서지 않는
분실물로 뒹구는
역외자

엄처시하

오른 데로 내려오는 오늘 산행
내려와 산 들머리이자 날머리의
압축공기 분사식 먼지털이기로
등산화를 털어내고 있는데
유독 한 친구
정작 오를 때에 외면하였던
액상 분사식 해충퇴치기를
온몸에 뿌려대고 있다

어르신

소녀의 초경도 그러했을까
한 소리에 사위를 살피다가
파동의 과녁이고 시선의 초점
임을 깨닫자 엄습하는 은폐

소녀가 여인으로 월경하듯
갇힌 줄도 모르고 지내 온 담장이
한 방 말 폭탄에 무너져 내린 폐경

두려워 마라 된 식솔 더는 없나니
홀홀 털고 나서자 초로의 노인이여

자칫,
초라한 노인이여

스킨 앤 로션

거울 아래 나란한 한 쌍
무엇이 같고 또한 다를까
같은 키에 영판인 생김새
다른 구석이 있기나 한 걸까
숨긴 구녕 크기가 다르구먼
물똥 싸는 거이 조그맣고
되직한 똥싸개는 큼직하네
화장대 위에서 맺은 인연
화장터로 함께 나서려

마애석불

웅크리고 들어앉아 있고
훌훌 걷고 내려설듯 게 섰고
뒤 바위벽에 기대어 계신다
검버섯 볼에 미소를 머금고
지긋하게 내려다보신다
바람이 엄청 차구나
다시 들어가면 안 되겠니?
삼성산 전각 안 세 분께서는
아늑하긴 한데 미안하단다
손짓하여 다가가니 귓속말로
눈 성형 잘하는 데를 부탁하시네
더는 산중이 아닌 명소를 들렀더니
시커먼 갓을 쓰고는 한 말씀 하시기를
서울대 많이 보냈지, 더 많이 떨궈 냈지만

받아 적기

다만 받아 적을 뿐

철쭉의 핑크빛 수다를
발정 난 새들의 히야까시를
비집고 나선 순의 숨비 소리를

언제 어디에서 들려올지는 몰라
실은 허공도 소리로 꽉 찬 만공이야

아버지가 깎아 준 문화 연필을 쥐고
교탁 옆 선생님 입술에 빨려들던
그 시절의 긴장까지는 필요 없어

신체 장기 하나를 덧붙였거든

길에서 차에서 산에서도
들리면 두드리면 되지

그리 받아 적을 뿐

아버지와 나

말린 나락을 찧어 알알이
아끼바레를 차게 담은
팔십 키로 쌀가마를
둥겨 지듯 지고
들어서던 아버지

우에 살이 하나 없고
다부지기가 받쳐 놓은
박달 지게 같던 아버지였다

퇴근길에 집 먼저 들러서는
팔십 키로 살을 온몸에 나눠지고
제자리걸음으로 쳇바퀴를 돌린다

받아쓰기

조선 팔도에 이만큼
흔한 풀이 또 있으랴

늘상 지나는 길가에
공원 잔디밭 둘레에
들머리에서 한참까지

지척에 지천이라서
흔해서 되레 외면의 민초
민초란 게 그렇지 하겠지만

베어 놓은 소꼴을 뒤적여서는
돌확에 짓이겨 내린 세상 쓴
쑥청으로 배앓이를 가라앉혔지

수리사 아래 저수지 둔덕의 쑥이
식탁에 올라 혀를 감싸안는 아침

수리산 슬기봉과 태을봉 사이
골짜기 어디쯤에서 내려와서
베란다 창을 넘는 소리 문안이
이곳 거주에 고명을 얹는다

소쩍새일까 뻐꾸기일까

~~~~~~소쩍 소쩍
뻐꾹 뻐꾹~~~~~~

소리를 글로 적을 수 있으랴마는,

쑥국 쑥국~~~~~~
~~~~~~쑥국 쑥국

느티나무

바람 잘 날 없어도 좋아
가지에 가지를 펼칠 거야
그린 스팽글 휘감고 서서
된 심사의 바람을 다독이고
여름날 큰 그늘을 드리울 거야
눈 덮인 골짜기 은사시 나무의
휑한 외로움을 견디느니 부대낄 거야
속 썩어 검게 비워낸 아름드리 안으로
숨바꼭질하는 동네 아이들을 불러들이고
마땅히 눈 피할 곳이 없는 불타는 청춘의
개네도 손짓하여 군불을 지필 거야
실은 다 지내 온 일이야

새벽 배송

언제부터인지
기상 동선이 바뀐 아내는
일어나 불을 켜고 주방이
아닌 딴 곳으로 걸음한다

쌍쌍이 짝 맞춰 곤하게 널브러진
현관 바닥을 비집고는 반만 열어
어둠을 꿰뚫은 로켓배송을 들인다

쿠팡이 먼저는 아니다

얼마 전 위아래 앞뒷집 빠짐없이
두툼한 선거공보물이 배달되었듯
모든 호실에 동에 단지에 동리에
동시다발적으로, 게다가 어느
한 날도 거른 적이 없는
새벽 배송

쿠팡은 묵도 못할 언감생강인

주문하지 않아도 배송되는

신성한 새벽을 자던 잠

그대로의 베드 위에서

눈꺼풀만 살짝 벌려

받자옵는다

뚝방 전설

마는 둥 흐르는
냇물을 가두어 길게 내리는
뚝방의 비탈이 간당간당하다

엎드린 할미에게 한 소리가 와닿는다
들안자 있어도 얼마 남지 않았겠구먼
무신 쑥이 대수라고 명을 재촉하니껴
난전에서 천 원이면 한 소쿠리니더

힐난의 진원이 멀어져가자
이년아, 돈이 궁해 이라는 줄 아냐
라며 접힌 허리춤 끌러 쑥 이파리
한 움큼을 봄바람에 날려 보낸다

그곳 천변에 백 원짜리 지전이
지천이라는 소문의 싹은 이랬다

천변 변천

걷다가 무언가가
눈에 들어 들여다보니
세상에서 작은 강아지
버들강아지들이 나무 위
코알라 흉내로 낭창 가지를
붙잡고 바람을 흔들고 있다
머잖아 저들 햇빛 속으로
분양되어 사라지는 날
버들잎 아래의 버들치
서로를 거울 보기 할 테지

전선의 척후병

주시할 곳이 너무 많아요

위태의 가는 가지 끝
허공을 빗금 긋는 작은 새
떼로 올라붙은 버들강아지
은폐된 낙엽 아래의 들썩임

뿐이라면 다행이게요

처음 볕 아래로 나선 아가
보온을 마감한 하얀 종아리
응어리 풀려 물컹한 논바닥
햇빛으로 중탕된 따스한 기운

전면전으로 밀려드는 봄

천과 함께

처도 첩도 아닌
천을 끼고 걷는다
처처럼 슬쩍 오르지도
첩같이 까탈스럽지 않은
수더분한 내림의 순종이다
저나 나나 말이 없는 한참이다
좁아든 돌바닥을 내리는 중에
돌돌거리며 말을 걸기도 한다
눈길을 건네며 귀 기울일 뿐

채식 짜장

못 오신 오신채이고
색깔과 무늬뿐인
채식 짜장

네모난 식탁을 두른
반질한 네 스님네

시커먼 유출 기름을 뒤집어쓴
흰 물새 된 면발을 집어든다
억지로 감춘 탄복할 맛이
환한 미소로 산을 넘는다

주름진 동자승들
서로를 크게 웃는다

기억의 저편

찬바람 여전한
전철역 계단 아래의
물속 아닌 불판 위에서
공양을 위한 소신 중이다

먼저 나선 무광택 큰 비늘의
황금 붕어들이 좌대에 앉아
지나는 발걸음을 낚는다

숱한 눈길 입질뿐

한 마리 천 원이라니
한 봉다리가 아니구

쿠쿠와 가마솥

모락모락
고슬고슬한 쌀밥
피날레의 슈퍼스타가
무대의 연막을 헤치며
신비의 자태를 드러내듯
손잡이 뚜껑을 열어젖히면
밥 내음 포화된 증기 아래의
희디흰 함초롬
옛것이 다 좋은 건 아닐지라도
새까만 볼 아래로 흘러내리던
눈물로 뜸 들이던 가마솥과
그 앞 이가 그립기는 혀

동화

몇 페이지 안 되는 두꺼운 팔절지에
몇 색깔로 뭉툭하게 칠한 그림과
몇 줄의 큰 글씨로 채워졌어도
엎드려 또는 닿을 듯 끌어당겨
소리 내어 빠져들었다
童話

엽서만큼 한 크기
손바닥 위에 올려놓고는
정신일도 하사불성의 가당찮은
몰입이고 정진이다, 맞은편 꼬마
動畫

여로

아득하니 멀기도 하네
들었던 고개 바로 하고
생각 없이 내딛는다
얼마나 걸었을까
문득,
눈앞이 화안하다
저도 다가오고 있었구나

목탁 소리

허기진 배불뚝이의
서럽게 배곯는 소리
똑똑 꼬르륵
똑똑 꼬르륵

매타작에 튀어 오르는
팔분음표의 알갱이들
탁탁 타다다닥
탁탁 타다다닥

등까지도 불룩한 포만의
배 두드리는 소리
툭툭 투두둑
끄르륵

적막한 산중
파문의 소리샘

눈 산행

실 개미떼가 한 땀 한 땀
흰 홑청을 누비며 나아간다

빗긴 눈발이 눈앞을 가리고
디딜 발밑을 망설이게 하니

캄캄한 그믐 밤길이나
희뿌연 눈발 속 산길이
분간이 없기로는 같네

실은 여즉의 생도
분간 없이 살아왔지
희미한 흔적을 더듬으며

도를 아십니까?

인상이 좋으십니다
선한 미소로 다가서며
도를 아십니까?

휑하니 그냥 지나친다

道에 관심이야 있었지요
道야 네비가 최고가 아닐까요

도를 매정하게 떨치지는 못해
한 동네 다른 내연녀로 갈아탔다우
닮은 외모 다른 성정의 度로 말이요

실은 술을 즐겨왔는데 몸이 더는
못 따라가서 주종을 바꾸면서
道 자리에 度를 앉혔지요
다른 자리에도